AF317889

FANTAISIE BURLESQUE OU POT-POURRI

SUR UN

BAL DE FÊTE PATRONALE

A LA CHARITÉ[*].

I
Introduction.

Pour louer votre patronne
N'avez-vous, bons Charitois,
Qu'à rebattre votre tonne
Et qu'à ramasser vos pois ?
Flon, flon, flon, le bal s'apprête ;   } *bis.*
Il ne sied de rester cois
Quand se chôme votre fête,
Et que la puissante voix

(*) La musique à appliquer aux paroles est presque entièrement composée de vieux airs populaires ; elle sera aisément répandue par les soins de l'auteur, doyen de la *Société philharmonique.*

De *Marguerite*, trois fois,
Vous a redit sa requête !
    Di-din-don,
    Pense-t-on
Que je joue à casse-tête ?
    Di-din-don,
    Piétre don
N'est pas ici chose honnête.
    Di-din-don,
    Par saint Tron,
Apprenez tous que je quête }
Pour payer le violon. } *bis.*

II

La veille, au Cercle.

« C'est demain bombance
« Au calendrier ;
« Il faut que l'on danse
« Comme l'an dernier. »
Ainsi parle un *Maître,*
Et tout d'une voix

Le *Cercle* d'admettre
Ce projet courtois.

D'abord on opine
Qu'un bal élégant,
De fleur la plus fine,
Sera l'argument ;
Puis on évalue
Ce qu'il faut payer
Pour que la cohue
N'y puisse arriver.

« Bravo ! dit un frère ;
« A ce prix, ma sœur
« Verra sans colère
« S'offrir un danseur. »
— « Parbleu ! dit un autre,
« On nous huerait tous,
« Si tel bon apôtre
« Entrait avec nous. »

— « Il faut, dit un traître,
« Nous porter garants

« Que le baromètre
« Marquera beau temps. »
Les ris s'entrechoquent
Avec les raisons
Que d'autres invoquent
Et que nous taisons.

— « Etant de la ville
« Les représentants,
« Figurons la pile
« Des lourds ponts tournants. »
— « Notre classe seule
« Fait vivre les gens ;
« Nous sommes la meule
« Qui tourne à tous vents. »

A ce mot, *Grand-Sage*,
Abondant parleur,
Prouve en bon langage
Qu'il s'agit d'honneur (*).

(*) On admet assez généralement, en théorie,
que c'est aux classes éclairées qu'il appartient
de *diriger l'opinion*. Cela n'établit pas que, né-

« Si l'ouvrier dîne,

« Dit-il, sobrement,

cessairément et toujours, elles la dirigent dans
le sens le plus favorable à l'intérêt du grand
nombre. — S'il en était ainsi, comment se fe-
rait-il que ce soit précisément sous l'influence
aristocratique que, de tout temps, les abus se
sont implantés ?

Demandera t-on, au contraire, à la libre pro-
pulsion de cette opinion même, l'accomplisse-
ment de tout mieux désirable ? Or çà ! nous
sommes aujourd'hui aussi loin des Montaigne
et des Montesquieu que d'Aristote et de Cicé-
ron. Les larges bases du droit par excellence,
enfin conquis à l'opinion, ne laissent plus désormais le moindre prétexte à un antagonisme
quelconque des *classes* de notre Société mo-
derne. C'est le plus grand progrès qu'eût pu
rêver Platon lui-même. Tout ira providen-
tiellement, et nous sommes appelés à voir la
grande merveille des temps : *l'ordre dans la
liberté*. Tant mieux ! Mais il faut bien, pour
cela, que les mœurs publiques s'y aident ; et
l'on ne voit pas qu'elles soient en grand train
de s'améliorer. Le gendarme, sans doute, a
qualité pour réprimer le mal ; mais ce n'est pas
lui qui peut créer la vertu. Ceci est la dette
d'honneur d'en haut ; que chacun donc la paye
loyalement. L'exemple, messeigneurs, l'exemple ! — On a beaucoup effrayé les poltrons avec
le cri de haro contre les partis. Ne comprend-

« C'est que sa cantine
« Ne marche autrement.

on pas qu'ils se neutralisent réciproquement
par la lutte. Ah! sans doute, on a vu les partis
se *coaliser* pour la guerre contre *l'ordre établi*.
Mais cette monstruosité ne se peut produire
deux fois dans le même siècle ; le douloureux
abaissement qu'elle détermine est une expia-
tion trop rude ; et, de longtemps, le souvenir
ne s'en effacerait dans la mémoire des géné-
rations. Qu'au contraire, les partis se conci-
lient sur plusieurs points essentiels : c'est là le
signe précurseur de l'universelle concorde, et
il sied aux philosophes d'y applaudir. Assurément, nul n'aurait désormais à se demander, avec
Basile : « Qui est-ce donc qu'on attrappe, puisque
tout le monde est dans le secret ? » Il en a été
autrefois en religion comme il en est aujourd'hui
en morale ; tant que les nombreux ordres y
composaient des *partis en lutte*, aucun ne do-
minait la Société, sinon par courte aventure.
Mais, après qu'eut lieu leur commun disperse-
ment, le jésuitisme commença à établir sa pré-
potence jusque sur l'Eglise elle-même, et il a
peut-être encore longue marge pour la conser-
ver.

Tenons donc pour certain que, chez nous,
grâce à la dure expérience des temps et au progrès de la raison publique, un ordre de choses
s'appuyant sur le libre suffrage sera toujours

« Qu'a-t-il à redire
« Aux délassements
« Dont le pauvre tire
« Des soulagements ?
« Riche qui s'amuse
« Se sent généreux ;
« Plus d'effets il use
« Plus en vient aux gueux.

« La grosse dépense
« Des meilleurs bourgeois,
« Offre ample chevance
« A tous fins matois.
« Fixer leur salaire
« N'est pas notre droit,
« Mais y satisfaire
« Par le plus étroit.

hors de l'atteinte des partis, parce que le part
de tout le monde doit être désormais le plus
sain et le plus fort. — S'il en était autrement,
c'est qu'il y aurait *décrépitude*; et à cela nul
remède : la loi providentielle ne s'arrête pas aux
voies de l'empirisme.

« Le travailleur donne
« Sa peine et son temps,
« Et, quand il fredonne,
« Nous curons nos dents.
« Mais notre argent marche
« Et fait tout mouvoir :
« C'est le pain dans l'arche,
« Le lard au saloir.

« Qu'un de nous propose
« Ripaille aux amis :
« Il faut qu'il dispose
« Trente mets exquis :
« Par là le commerce,
« En mille façons,
« Reçoit comme averse
« Le flot des flacons.

« Même flux s'épanche
« Jusqu'au cabaret
« Les jours de dimanche,
« De foire ou d'attrait.

« Cet ordre de choses,
« Si bien combiné,
« Se réfère aux causes
« D'où le pacte est né.

« Dirai-je qu'on use
« Aux États-Unis
« D'une loi confuse
« Sur l'abus permis ?
« Chez nous on estime
« Peu la liberté ;
« L'air qui nous anime,
« C'est l'*égalité*.

« La *plèbe* contente
« Ne demande rien,
« Sinon bonne entente
« Du nôtre et du sien.
« Suffit que le maire,
« Tuteur vigilant,
« Tienne état sommaire
« Du compte courant.

« La cité s'honore
« De gens tels que nous ;
« Notre aspect décore
« L'air mièvre de tous :
« Et notez qu'un homme
« Est toujours bien vu
« Quand il parvient comme
« Je suis parvenu.

« Payant ma patente
« En bon citoyen,
« Gai, je me contente
« De n'épargner rien ;
« Qu'ailleurs on s'emploie,
« Comme nous ici,
« A tenir en joie
« Son cœur sans souci. »

Ces mots de concorde
Sont fort applaudis ;
Nul ne voit la corde
Du galimachis ;

Enfin le cénacle,
En se séparant,
Vote à son oracle
Un remercîment.

III

Souscription.

La paille allumée,
Prestes éclaireurs
Formeront armée
De bons souscripteurs.
Convenu d'avance
Est le mot galant
Qu'on veut la présence
Bien plus que l'argent.

Il ne sied qu'on aille
En solliciteur
Présenter bataille
A tout souscripteur.

— C'est quand le temps presse
Qu'il fait beau de voir
Du sexe l'adrese
Doubler son pouvoir.

Bref, l'instant arrive,
On a tout prévu,
Hormis la dérive
Dans le revenu,
Bast ! la faute est faite,
Il faut l'avaler ;
Sur autre recette
On devait compter.

Mince bagatelle !
On a souvent vu
A fête moins belle
Plus grand fonds perdu.
Que l'argent qui manque,
Sans le prendre à mal,
Soit report de banque
Sur le prochain bal.

On note l'absence
De maint beau danseur
De qui l'élégance
Ici fait fureur.
Milady Pimbèche
N'aura pas le temps :
Sa lessive sèche ;
Elle a mal aux dents.

Mainte autre matrone
Qui pourrait danser
A raison fort bonne
De s'en dispenser :
L'argent s'éparpille
En menus dépens
Dans une famille
Trop riche d'enfants.

Minon dit : « La quote
« Qu'on propose ici
« N'est qu'un clou de botte
« Pour gars sans souci ;

« Mais la thèse change
« Pour l'auguste époux
« Qui tient plus d'un ange
« Sur ses deux genoux. »

Grande est la dépense
De trois falbalas :
Rubans, velours, ganse,
Fleurs du haut en bas !
Rien que la dentelle
Coûte plus d'argent
Qu'une haridelle
Ne porte pesant.

Comptez que le reste
En se combinant
Est pis que la peste
Sur un continent.
Mais à qui la faute ?
Le ton vient de haut ;
C'est de la maltôte
Ou bien peu s'en faut.

Le luxe, sans doute,
A ses bons côtés :
C'est la clef de voûte
Des prospérités ;
Mais, s'il alimente
Des millions de bras,
Combien sur sa pente
Il brise d'états !

Il n'est donc pas sage
De l'encourager ;
Serrons-lui la page
Loin de l'exciter.
L'honneur des familles,
Leur fortune enfin,
Aux regards des drilles
Sont-ils du satin ?

Digne et stable aisance,
Sans tant de fracas,
Est une puissance
Qu'on respecte en bas,

Mais ce faste immense,
Prestige menteur,
D'une décadence
Est le précurseur.

Ah ! combien j'envie
Le calme des champs,
Où coule la vie
En doux passe-temps ;
Repos sans mollesse
Assouplit les bras ;
Fierté sans rudesse
Affermit le pas.

IV

Le Bal.

Ouf !... c'est de l'orchestre
Les stridents accords !
Le galop équestre
Va lâcher les mors,

Papillonne, belle !
Et toi, cavalier,
Reste ferme en selle
Sur ton étrier !

Qu'ici l'on se pose
En gens comme il faut ;
Notre porte est close
Au jacquet lourdaud.
Foin de la guenille !
Si maraud crotté
A femme gentille,
C'est cas excepté.

Du rude exercice
De la Redowa
Lestement on glisse
Vers le baccarat,
Demain la pitance
Aux tristes logis,
Fera voir la chance
Qu'ont les parolis.

Sans qu'on ne prétende
Y trouver d'esprit,
Au bal on demande
Bouche qui sourit :
La denrée abonde
Et ne coûte rien :
Pose pudibonde
Ne sied pas moins bien.

Tant que le bal dure
Le sexe content
Croit que sa parure
Vaut bien son argent ;
Trop tôt le mémoire
Fera grimacer
Plus qu'on ne peut croire
Qui le doit payer.

Le mari bonhomme
Est rare aujourd'hui :
Tant de maux, en somme,
S'entassent sur lui !

— « Mamour, j'entends vivre
« De mon revenu,
« Et non pas vous suivre
« En pays perdu.

« J'alloue une somme
« Pour votre entretien ;
« Disposez-en comme
« Il sied au maintien.
« Mais qu'à l'échéance
« Un compte bien net
« Solde la dépense
« De votre budget. »

Malheur au ménage
Qui, sous l'aiguillon,
Comme un attelage
Trace son sillon !
N'est pas un grand sire,
Qui, maître absolu,
Croit n'avoir qu'à dire :
« Ainsi résolu ! »

L'humaine prudence
Est mise en défaut
Par l'impertinence
Du premier maraud,
Quand digue puissante
Encaisse un torrent,
Le fond, qu'il tourmente,
Se creuse au courant,

Que fera la belle?
Elle empruntera :
Hypothèque telle
Se recherchera,
A nul n'en déplaise,
Prodigue amuseur
Surexcite l'aise
Au prix du bonheur.

En quoi donc consiste
La félicité?
Faut-il être triste
Pour sécurité?

Point ! un cœur modeste,
Bornant ses désirs,
S'entoure de reste
D'aimables plaisirs.

Est-il une fête
Plus riche en attrait
Que celle où s'arrête
L'esprit satisfait ?
Simplesse procure
Gai contentement ;
Douceur est parure,
Prudence ornement.

Ce qui nous captive,
Ce sont les vertus,
Non la fleur hâtive
Qui brille et n'est plus.
Jamais une belle
Ne pénètre au cœur,
Plus avant que celle
Qu'orne la candeur.

Quand l'honneur préside
Au choix des époux,
Entre eux deux réside
Un gardien jaloux.
Tendre confiance
Ne bronche jamais,
Si chaste innocence
En a fait les frais.

Autant il est rude
De n'avoir d'amis,
Autant femme prude
Ronge un cœur soumis.
Épouse contente
Vous paye en bonheur
Sa noble patente
De reine du cœur.

Oh ! c'est chose rare
Qu'un bonheur constant !
Le Ciel est avare
D'un pareil présent,

Mais tout se partage
Dans la vie à deux,
Et contre l'orage
On s'abrite mieux.

En est-il de même
Du fat envieux
Qui partout ne sème
Que traits venimeux?
Sa bile colore
Les objets qu'il voit,
Faussant même encore
Ceux qu'il ne perçoit.

Quel chemin vont suivre
Colas et Gros-Jean
Que l'orgueil enivre?
Grec ou Charlatan!
Un plus noir présage
Menace les gens
Dont le sot ménage
Vit d'expédients.

Qui veut trop paraître
Se découvre à nu ;
Le mieux est de n'être
Jamais méconnu.
Courir aux extrêmes
Est le fait des fous ;
Rentrons en nous-mêmes
Et gouvernons-nous.

L'amour de soi-même
Étouffe le sens
De l'amour suprême,
L'amour des enfants.
Cœur qui se dessèche
Est mort aux vertus ;
Chez femme revêche
Rien ne vibre plus.

V

Mesures vespasiennes de la Municipalité.

Mais quittons la rue
Aux éclats bruyants,
Pour passer revue
D'objets plus glissants.
Prône amphigourique
Est texte ennuyeux,
Comme est en musique
Ton méticuleux.

Il me faut soumettre
Vestris à Purgon :
Voudra-t-on admettre
Un tel parangon ?
L'idée est bizarre,
Mais s'en tient au fait ;
Si haut qu'on s'égare,
Le beau touche au laid.

D'émonder la ville
Ayant pris le soin,
Le nouvel Édile
Va, je crois, bien loin.
Il n'est pas loisible
De tout transformer :
Devant l'impossible
Il faut s'arrêter.

Presser sans mesure
Un pauvre habitant
D'orner sa masure
D'un couloir puant,
C'est fausser le rôle
De *Vespasien* ;
Aussi plus d'un drôle
S'en défendra bien.

Maint lieu que délecte
Un luxe insolent,
Assez peu respecte
Le nez du passant :

C'est là qu'il faut faire
Un vaillant effort,
Afin d'en extraire
L'odeur de rat mort.

Que, sans grand'dépense,
Cinq toits *Monchanin*
S'ouvrant à l'aisance
Parquent l'alcalin ;
Un bail de vidange
Couvrira les frais,
Et du libre échange
Naîtra le progrès.

Ce sera la gloire
D'administrateurs
De qui la mémoire
Vivra dans les cœurs.
L'art que l'on estime
En le protégeant
Leur dédie en rime
Son gai contingent.

Des mœurs l'élégance,
Ce parfum du goût,
N'est en déchéance
Que faute d'égout ;
Je veux qu'on retienne
Qu'être *comme il faut*
C'est tout autre antienne
Que *faire jabot*.

Quand tel se dévoue,
Comme un vieux Romain,
A purger de boue
Chaussée et chemin,
Sage, il fertilise
Sa vigne et ses champs,
Et mieux qu'à l'église (*)
Montre du bon sens.

(*) Pour la prétendue *restauration* d'arcalu-
res au haut du vieux clocher, on a gaspillé plus
de vingt mille francs ; et cette dépense n'a fait
qu'altérer le noble archaïsme de la vieille ruine.
— Des siècles se sont écoulés depuis que ce
clocher, jadis membre capital de la vieille basi-

On dit par malice
Qu'à la Saint-Hubert

lique, est séparé de plus de trente-cinq mètres
de ce qu'il en reste, le ravage des temps ayant
fait disparaître jusqu'aux vestiges des deux tiers
de la nef antique.

Sans doute il importait d'obvier au danger
d'éboulements partiels des débris du haut. —
Mais un moyen plausible s'offrait de soi : il n'y
avait qu'à acheter et démolir un bâtiment in-
terlope, adossé à la face du vieil édifice dans
les mauvais jours, et qui masque les splendides
arceaux de sa base jusqu'à la profondeur de
quatre à cinq mètres, où ils font l'office de pa-
rois de cave. Cette visée, qui réduisait de deux
tiers la dépense, a été produite à temps utile,
mais que gagner contre l'entraînement de l'en-
thousiasme, joint à l'expéditive prévention,
dans une délibération entre certains esprits !

Depuis tantôt six ans, j'ai la profonde hu-
miliation de figurer quasi-seul la minorité de
notre Conseil municipal. Et qui pis est, nul effort de ma part, soit comme impulsion, soit
comme résistance, n'a jamais obtenu le moindre succès !... Il est vrai que, grâce à Dieu, je
n'ai ni goût, ni volonté, ni aptitude pour l'en-
thousiasme. J'en dissuaderais bien plutôt les
gens, comme de chose dangereuse et fertile en
regrets !

De récents débats, auxquels je n'ai pu assis-

> Beau feu d'artifice
> Suivrait grand couvert.

ter, ont montré pourtant que les meilleurs esprits ne s'épargneront pas désormais, dans le nouveau conseil, à la lutte ingrate que, de guerre lasse, j'abandonnerais volontiers en la voyant soutenue par plus capables et mieux autorisés que moi.

Ce n'est pas assurément que j'entende m'imposer le mutisme pour me tenir à l'unisson avec les dociles, dont je tiens d'ailleurs la discipline traditionnelle pour fort respectable. L'envie pourra même fort bien me prendre de tenir journal des observations que me suggéreraient toutes mesures à mon sens malavisées ou dangereuses pour l'intérêt prochain de la ville. — Quant au *passé*, ce que j'en saurais dire, c'est qu'il peut fournir témoignage de cette vérité bonne à connaître, à savoir, que l'*Eglise* n'a pas seule privilége des *pieuses fraudes*.

EXEMPLE : A l'occasion de cette triste affaire du *vieux clocher*, j'ai eu toutes les peines du monde à obtenir radiation, à un procès-verbal de séance, d'une débauche d'esprit dirigée contre moi, et avec assez d'art pour qu'elle échappât à la compréhension de la pluralité des membres présents. — Sur mes objurgations, le très-honorable secrétaire de la session dut se déclarer complétement étranger à cette *turlupipinade*, dont la rature inexpliquée fera longtemps tache au registre des délibérations.

> Or, telle dépense
> N'entrant au budget,

Il est à noter que cette tardive suppression n'empêchait pas que le trait ne fût allé où l'on avait voulu le lancer pour le besoin de la cause.

Cette singulière histoire de la *restauration des quatre arcatures du vieux clocher* a pour point de départ une surprise, que dut subir le conseil, et qui reste à la charge de deux membres qui en reçurent l'inspiration de haut, ainsi que tombent les corps graves...

Si respect est dû aux consciences, et inviolable secret aux votes qui en sont la manifestation légitime, il n'en est pas ainsi des fraudes, que le succès même ne justifie point. Les égards de courtoisie, que les convenances commandent, sont un des plus regrettables périls qu'offre la lutte avec les *solipses*, si prestes à toutes évolutions!

Les vieilles gens gardent le souvenir de cet autre trait, qui peut faire ou pendant ou contraste à l'anecdote, nécessairement un peu secrète, de la *restauration des quatre arcatures* : Quand, il y a quelque vingt-cinq ans, il s'agit d'ouvrir, au travers de la ville, un tracé de rectification pour la route de Paris, chacun soutint avec tant de fermeté, dans le conseil, la prétention d'avoir la nouvelle voie devant son pignon, que force fut aux ingénieurs de mettre tout le monde d'accord en portant le tracé à la

On aurait chevance
De l'impôt secret.

circonférence, ce qui était d'ailleurs le plus sage parti. La grande rue y a gagné l'avantage de demeurer, quand même, l'une des plus impossibles grandes voies que leur pente excessive condamne à rectification.

Il est à croire qu'on ne voudra jamais non plus lui causer dommage, en ouvrant une *rue de la Gare*, que sûrement je ne pourrais guère appeler de mes vœux qu'en compagnie des charretiers !

Et notre *halle au blé*, masure qui n'a pas le sens commun, mais qu'on entretient depuis peut-être cent ans pour le profit de ses restaurateurs, n'en aurait-on pas fait, depuis longtemps, un édifice de bonne mine et de grand produit, si, par malheur, elle n'était située en quartier perdu ?—Qu'on se le tienne pour dit : la ville ENTEND SE FAIRE HONNEUR DE SON REVENU, c'est-à-dire consacrer ses ressources, comme le font généralement les gens euxmêmes, *à paraître, à s'étaler, à imposer.*

Cette appréciation n'est sans doute pas étrangère au déplorable sacrifice qu'on a fait, à l'occasion de l'emplacement à assigner à la gare du chemin de fer, de deux voies rurales qui intéressaient au plus haut point la population viticole des quartiers *est* et *nord* de la Charité. Et comment a-t-on laissé enceindre ainsi par le railway plus d'un tiers de son territoire ? C'est

Conclusion.

Pour fêter votre patronne,
Désormais, bons Charitois,

en falsifiant le procès-verbal de l'enquête ouverte à l'occasion du tracé produit par la compagnie. — Or, de deux choses l'une : ou la
formalité strictement obligatoire de la présentation du procès-verbal au conseil municipal a
été violée, ou ce conseil s'est rendu sciemment
complice de la fraude par laquelle a été faussée
une verbalisation où devaient être inscrites plus
de cent réclamations sérieuses.

Ferai-je ici doléance d'une toute récente
mystification ?

Il m'était révélé, de bonne source, tandis
qu'une douloureuse indisposition me tenait
alité, qu'il y avait lieu, occasionnellement, de
conquérir, sans bourse délier, un élargissement,
grandement désirable, des abords de notre
champ de foire, qui, comme un sac, n'a d'autre
issue que son entrée même. Il ne s'agissait
que d'adresser, à qui de droit, une requête qui
ne pouvait manquer d'être accueillie avec faveur. Sur la demande écrite d'*un membre absent*, monsieur le maire met aux voix son projet de supplique, convenablement motivé ; et
le conseil le rejette par ce motif péremptoire
« qu'on désirerait plutôt rapprocher le *champ*

Comptez plus sur votre tonne
Que sur le grand bal bourgeois.
Jadis on était moins bête ;
Chacun fournissait du sien, } *bis.*
Pour composer un fête
Où tout se passait fort bien.
Le peuple qui ne dit rien
Savait en tenir la tête.

  Qu'un barbon
  De bon ton
Hasardât la contredanse,
  Ce barbon

de foire du centre de la ville, au lieu de le laisser hors du département, » c'est-à-dire de l'autre côté de la Loire, sur un terrain communal adjacent à deux routes et au pont de la ville qui y accède.

Comprenez-vous le prix qu'on attache à l'encombrement de la Grande-Rue, notre centre commercial ? — L'intérêt de la ville n'est-il pas que, bon gré, malgré, le fugace chaland soit arrêté devant nos splendides étalages ? — *Honneur... Etalage !* — Profit, en tous cas ; et sécurité, s'il se peut, pour les passants !...

Encor bon
Ne rompait point la cadence ;
    Conçoit-on
    Qu'un barbon
S'impose la pénitence
De conduire un cotillon ? } *bis.*

P. PIERRE DE CHAMROBERT.

La Charité (Nièvre), 10 novembre 1865.

Paris. Typ. de Cosson et Cᵉ, rue du Four-St-Germ, 43.